すべての、白いものたちの

ハン・ガン

斎藤真理子・訳

河出書房新社

もくじ

写真　Douglas Seok
装幀　佐々木暁

1

私

白いものについて書こうと決めた。春。そのとき私が最初にやったのは、目録を作ることだった。

おくるみ
うぶぎ
しお
ゆき
こおり

つき
こめ
なみ
はくもくれん
しろいとり
しろくわらう
はくし
しろいいぬ
はくはつ
壽衣*

単語を一つ書きとめるたび、不思議に胸がさわいだ。この本を必ず完成させたい。これを書く時間の中で、何かを変えることができそうだと思った。傷口に塗る白い軟膏と、そこにかぶせる白いガーゼのようなものが私には必要だったのだと。

けれども何日かが過ぎて、目録を読み返して思った。

何の意味があるのか、この単語たちを眺めることに?

スティールの弦を弓で曳いたら、甲高い音が響く――悲しい音色が、また不思議な音色が。それと同じように、これらの言葉たちで私の心臓をこすったら、何らかの文章は流れ出てくるだろう。けれども、その文章の中へ白いガーゼをかぶって隠れてしまっていいものなのか。

この問いに答えるのは難しいことだったから、私は仕事の開始を延期した。八月、この不慣れな国の首都にしばらく滞在するためにやってきて、家を借りて暮らしはじめた。二か月ほどが過ぎ、寒さがやってきて、私にとっては長いつきあいの重い偏頭痛のために、夜、コップ一杯の水で薬を飲み下したあとで、（淡々と）私は悟った。どこかに隠れるなどとはしょせん、できることではなかったと。

時間の感覚が尖ってくるときがある。病気のときが特にそうだ。十三歳のころに始まった偏頭痛は予告なく、胃痙攣とともにやってきては私の日常を停止させる。やっていたことをすべて止めて痛みをこらえるとき、したたり落ちてくる時のしずくの一滴一滴は、かみそりの刃で作った玉のようだ。指先をかすめるだけでも血が流れそうだ。やっとのことで息をしながら一瞬一瞬を生き延びている自分を、ありありと感じる。日常に戻ってきても、あの感覚がまだそこに息を潜めて、私を待ち伏せている。

そのような鋭い時間の角で――時々刻々と形を変える透明な断崖の突端で、私たちは前へと進む。生きてきた時間の突端で、おののきながら片足を踏み出し、意志の介入する余地を残さず、ためらわず、もう一方の足を虚空へと踏み出す。私たちが特段に勇敢だからではない、ほかに方法を持たないからだ。今この瞬間にもその危うさを感じながら、まだ生きられていない時間の中へ、書かれていない本の中へ、私は無謀に分け入っていく。

ドア

もうずいぶん前のことになった。

契約前にもう一度、その部屋を見に行った。

本来は白かったのだろう金属のドアは時間とともに色あせ、汚れ、あちこちのペンキがはがれ、はがれたところが錆びていた。それだけなら、いかにも古びたただの醜いドアだったというだけのことだろう。問題は、「３０１」という部屋番号がドアに書き込まれた、そのやりかたただった。

誰かが――おそらくこの部屋を借りていた人の一人が――錐のような尖ったものでドア

の表面を引っかいて、数字を書き入れたのだ。筆順をたどって、私はそれをじっくり調べてみた。指尺*で三個分ぐらいの高さがある、大きな、角張った「3」。それよりは小さいが、何度も引っかいて線を太くした、3より先に目に飛び込んでくる「0」。最後に、いちばん深く、精いっぱい力を込めて長々と引っかいた「1」。乱暴に引かれた直線も曲線も赤黒く錆びた傷となり、傷跡から錆び水が垂れ落ち、古い血痕のように固まっている。

　惜しいものなど何もない。この住みかも、毎日開けては閉めるこのドアも、やくたいもないこの人生も、私が惜しむことはない。歯をくいしばったような数字たちが、私をにらみつけていた。

　それが、私が借りようとしていた部屋、あの冬を過ごすための部屋へと通じるドアだった。

　荷物を運び入れた翌日、白いペンキを一缶と大ぶりな平刷毛を一本買った。壁紙を貼っていない台所と部屋の壁にはさまざまな大きさのしみがあった。とくに電気のスイッチのまわりが真っ黒に汚れていた。ペンキがはねても目立たないように、薄いグレーのジャージに古い白いセーターを着て塗りはじめた。小ぎれいに仕上げるつもりは毛頭なかった。むらができても、白なら他の色よりはましだろう。そう思って心をからにして、汚れたところだけを選んで塗っていった。雨漏りでできた天井の大きなしみも塗りつぶしてしまった。薄茶色のシンクの内側が汚れていたのも、雑巾で一度拭いてから真っ白に塗った。

おしまいに、玄関の外に出てドアを塗っていった。傷だらけのドアに刷毛を滑らせるたびに汚れが消えていく。錐で刻みつけた数字たちが消えた。血痕のような錆の跡が消えた。温かい部屋に戻って休み、一時間後にまた出てみると、塗ったところがむらになっている。ローラーではなく刷毛を使ったので、刷毛目が目立つのだ。刷毛の跡が見えなくなるまで厚く塗り重ね、また部屋に戻った。一時間後、どうなったかと思ってサンダルをはいて出てみると、雪がしんしんと降っている。いつのまにかあたりは暗くなっていた。まだ街灯

＊　二本の指を伸ばしたぐらいの長さ

は灯っていなかった。両手に刷毛とペンキの缶を持ったまま腰をかがめて、何百枚もの羽毛をまき散らしたようにゆっくりと沈んでくる雪片の一つひとつを、その動きを、私はぼんやりと見守っていた。

雪のように真っ白なおくるみに、さっき生まれたばかりの赤ん坊がしっかりとくるまれている。子宮はどこよりも狭くて温かい場所だから、急に広い空間に出てびっくりしてしまわぬようにと、看護師がきゅっと包んでくれたのだ。

たった今、肺での呼吸を始めたばかりの人。自分が誰で、ここがどこで、今始まったばかりのものが何なのかを知らない人。生まれたばかりの小鳥や子犬より無力な、どんな動物の赤ん坊よりもまだ稚い、いちばん稚い生きもの。

血をたくさん流したために青ざめた女が、泣いている赤ん坊の顔を見る。当惑しながら、おくるみごと赤ん坊を抱き取る。泣きやませるにはどうしたらいいのか、まだ知らない人。

さっきまで、信じられないほどの痛みを経験していた人。赤ん坊がしばし泣きやむ。何かの匂いのためだろう。二人はまだつながっている。まだ見えていない赤ん坊の黒い目が、女の顔の方へ——声のする方へと向く。何が始まったのかはわからないまま、まだ、二人はつながっている。血の匂いがする沈黙の中で、体と体の間に真っ白なおくるみをはさんで。

産着

母が産んだ初めての赤ん坊は、生まれて二時間で死んだと聞いた。タルトック*のように色白の女の子だったそうだ。八か月の早産で、体はとても小さかったが、目鼻がはっきりして美しかった。真っ黒な目を開けてこちらを見た瞬間が忘れられないと、母は言った。

母は当時、田舎の小学校の教員として赴任した父と一緒に人里離れた官舎に住んでいた。産み月までまだ間があったので、支度は全く整っていなかったが、午前中にいきなり破水した。周囲には誰もいない。村に一台きりの電話は、歩いて二十分かかる停留場前のお店にあった。父が帰宅するまでにはまだ六時間以上もあった。

＊ 月のように丸い餅

霜がおりたばかりの初冬のことだった。二十二歳だった母はじりじりと台所まで這っていき、どこかで聞いたとおり、お湯を沸かして包丁を消毒した。針箱の中を探すと、小さな産着を一枚縫えるほどの白いきれがあった。陣痛をこらえ、恐ろしさに泣きながら針を動かした。産着を縫い上げ、おくるみにする薄い上掛けを取り出して、徐々に強く、間隔が狭くなる痛みに耐えた。

そうしてついに一人で赤ん坊を産んだ。一人でへそのおを切った。血まみれの小さな体に縫ったばかりの産着を着せた。しなないでおねがい。かぼそい声で泣く手のひらほどの赤ん坊を抱いて、何度となくそうささやきかけた。はじめのうちはきゅっと閉じていた赤ん坊のまぶたが一時間後、嘘のようにぱっちりと開いた。その黒い瞳を見つめてまた呼びかけた、しなないでおねがい　と。さらに一時間ほどが過ぎ、赤ん坊は死んだ。死んだ子どもを胸に抱いて横たわり、その体がしだいに冷えていくことに耐えた。もう、涙は出なかった。

タルトック

この前の春、ある人に訊かれた。あなた小さいときに、何か悲しいことが身近にあったのじゃありませんかと。ラジオの収録をしていたときのことだ。

そのとき、にわかに思い出されたのがその死のことだった。私は死の物語の中で育った。稚いけものの中でもいちばん無力な生きもの。タルトックのように真っ白で美しかった赤ん坊。その子の死んだ跡地へ私が生まれてきて、そこで育つという物語。

タルトックのような白さとはどんなものなのか、気になっていた。六歳のころ、松餅《ソンピョン》*を作っているときに、突然わかった。真っ白な米の生地をこね、一つひとつを半月形に形作り、蒸す前のそのお餅がこの世のものではないほど美しいということを。けれども、松

* 陰暦の仲秋に食べる、あんを入れた餅。松葉を敷いた蒸し器で蒸して香りをつける

葉を敷いた蒸し器で蒸しあげて、葉っぱがついたまま皿に盛られた松餅には、がっかりしてしまった。香り高い胡麻油でつやつやと光り、もちろん美味しかったけれど、熱と蒸気で色も質感も変わり果て、蒸す前のあの米の生地とはまったく別ものになっていた。
母が言っていたのはあの、蒸す前の白さのことだったのだ。あのお餅みたいに清らかな顔だったのだ。そう思ったら、何か鉄のもので圧しつぶされたようにみぞおちが苦しくなった。

春の録音室で、私はこの話はしなかった。その代わり、幼いころに飼っていた犬について話した。私が五歳になった冬に死んだシロは、珍島犬《チンド》の血が半分混じった、きわだって賢い犬だったそうだ。仲よく一緒に写ったモノクロ写真が一枚残っているけれど、生きていたときの記憶は不思議なほどに、ない。鮮やかなのはただ、死んだ日の朝の記憶だけだ。真っ白な毛と、真っ黒な目と、まだしっとりと濡れていた鼻。あの日から私は犬を愛せない人間になった。手をさしのべて犬ののどや背中を撫でてやることができない人間になった。

この見知らぬ都市へやってきてから、なぜ昔の記憶がしきりによみがえるのだろう？道行くときに、私の肩をかすめて過ぎる人々が話していることのほとんどと、表示に書かれていることのほとんどを私は理解しない。ときに私は自分を動く島、孤立した島のように感じ、そうやって人ごみの中を通り抜けていくとき、肉体はまるである種の監獄のようだ。今までの人生すべての記憶が、それと分かちがたい私の母国語とともに、孤立し、封印されているように感じる。孤立が頑強になるほど、思いもよらない記憶が生々しさをつのらせる。圧倒するように重みを増す。この夏、私が逃げ込んだ場所は地球の反対側の都市などではなく、結局は私の内部、私自身の真ん中だったのかと思うほどに。

今この都市は、夜明けの霧の中に浸っている。
空と地面の境界が消えた。私が見ている窓から四、五メートルのところに、丈高いポプラの樹が二本、墨色のシルエットをぼんやりと見せているだけ。それ以外のものはすべて白い。いや、あれを白いといえるだろうか？　黒々と濡れた闇を冷たい粒子の一つひとつに宿して、この世とあの世のあわいで音もなく揺らめいている、あの巨きな水の動きを？

ずっと以前にある島で迎えた、これと同じようだった濃霧の朝のことを思い出す。一緒に旅をした仲間たちと、切りたった海辺の道を散歩していた。海岸の松の木がちらちらと見えていた。けわしい灰色の断崖と海霧の下に揺れる黒い海を見おろす、いつもとは違ってどこか寒そうだったみんなの後ろ姿。けれども翌日の午後、同じ道を歩いてみると、本来のここの景色がいかに平凡であるかがわかった。神秘的な沼だと思ったところは、干からびた埃っぽい水たまりだった。この世のものと思えないほど威厳をもって屹立していた松の木は、鉄条網の向こうに一列に並んで植わっているだけだ。海だけが絵葉書のように青々と美しい。すべてが境界の内側で息を殺していた。息を止めて、次の霧を待っていた。

こんな濃霧の明け方に、この都市の幽霊たちは何をするのだろう。息を殺して待ちかまえていた霧の中に音もなく歩み出て、そぞろ歩きをするのだろうか。声までも真っ白に晒してくれるあの水の粒子の間で、私が理解できない彼らの母国語であいさつをかわすのだろうか。黙って首を横に、また縦に振るのだろうか。

白い街

一九四五年の春に米軍が空撮したこの都市の映像を見た。街の東側にある博物館の二階の、映写室でのことだった。一九四四年十月から六か月あまりの間に都市の九五パーセントが破壊されたと、その映像の字幕は語っていた。ヨーロッパで唯一、ナチに抵抗して蜂起したこの都市。一九四四年九月の一か月で劇的にドイツ軍を追い出し、市民による自治を成しとげたこの都市を、見せしめとして、可能な限りの手段を動員してきれいさっぱり破壊せよとヒトラーは命じた。

映像が始まったとき、上空から見たこの都市はまるで雪景色の中のように見えた。白茶けた雪または氷の上にいくらかの煤が落ち、まだらに汚れたところのようだった。飛行機が高度を下げると、都市の姿が迫ってきた。雪に覆われているのでも、氷の上に煤が落ちたのでもなかった。建物はすべて倒壊していた。石造りのがれきの白さと、その上が黒く焼け焦げた跡。それが見渡すかぎり果てしなく続いていた。

その日バスに乗って家に戻ってくる途中、ずっと昔に城があったという公園で降りた。かなり広い公園の森を突っ切ってしばらく歩くと、昔の病院の建物が現れた。一九四四年の空襲で破壊された病院を、元の形に復元して美術館として使っているのだ。ひばりによく似た声の鳥が鳴き、鬱蒼たる樹々が無数の腕と腕をさしかわしている小道に沿って歩いていくうちに、気がついた。つまりこれらのすべては一度、死んだのだと。この樹木、鳥たち、路地も通りも、家並みも電車も、そしてすべての人々が。

だからこの都市には、七十年以上経ったものは存在しない。旧市街の城郭や華麗な宮殿、市のはずれの湖畔にある王族の別荘は、すべて作り物だ。写真と絵と地図に頼って根気強く復元された新品なのだ。柱や壁の下の部分が生き残った場合は、その横や上に新しい柱と壁が継ぎ足されている。下と上、古いところと新しいところを区分する境界が、破壊を証言する線がありありと見えている。

その人について初めて考えたのは、その日のことだった。

この都市と同じ運命を持った人。一度死んで、破壊された人。くすぶるがれきの上で、粘り強く自分を復元してきた人。だからいまだに新品であるその人。生き延びた古い柱や壁が、その上に積まれた新しい壁や柱とふしぎな形で抱きあっている――そんな形で生きてきた人。

闇の中で、あるものたちは白く見える。

ぼんやりとした光が闇の中へ分け入っていくとき、さほど白くなかったものまでが青ざめた白い光を放つ。

夜になると明かりを消して、部屋の片隅のソファーベッドを広げて横になり、眠ろうとせずに、あの蒼白な光の中を時間が流れていくのを感じていた。白壁に映ってちらちらする窓の外の木の形を眺めた。その人――この都市に似たある人――の顔についてじっと考えた。その輪郭と表情が、徐々にはっきりしてくるのを待った。

光ある方へ

この都市のユダヤ人ゲットーで死んだ五歳の兄の魂とともに、私はずっと生きてきた――そう主張する男性の実話を読んだ。明らかに非現実的な話だが、そうと片づけることもできない真摯な語り口の文章だった。形もないし触れることもできないが、一人の子どもが声になって、ときどきその男性のもとを訪れていた。彼はベルギー人の家庭に養子に行ったので、この国の言語はまったく理解できず、自分に兄がいたことさえ知らなかった。だからこれらのすべてを、運悪く何度も見てしまう明晰夢か、錯乱症状だとばかり思っていた。やっと自分の家族史を知ったのは十七歳。いまだに自分を訪ねてくるその魂を理解するために、彼はこの国の言語を学びはじめた。そして、幼い兄が今も恐怖におののいていることを知った。軍に逮捕される直前に叫んだ、恐怖に包まれたいくつかの言葉をくり返していたのだと、知った。

結局は殺されてしまった五歳の子どもの最期のようすを想像したくない。その話を読んだあと、何日も眠れなかった。そんなある日の明け方、とうとう心が静まったときに思った。生まれて二時間生きていたという母の初めての赤ちゃんがもし、ときおり私を訪ねてきて一緒にいたことがあったとしても、私は気づかなかったのだろうと。その子には言葉を覚える時間がなかったのだから。一時間は目が開いていて、母の方を見つめたというけれど、まだ視神経も働いていなかったのだから、母の顔を見ることはできなかったはずだ。けれども声だけは聞こえたのだろう。しなないで　しなないでおねがい。理解できないその言葉が、その子が聞いた唯一の音声だったはずだ。

だから、そうだとも、違うともいえないのだ、その子がときどき私のところへ来ていたかどうかについては。私の額や目のあたりでしばらく漂っていなかったかどうか。幼いころに私がふと覚えた感覚や、漠然とした思いの中に、知らず知らずのうちにその子から譲り受けたものがあったのかどうか。薄暗い部屋に横たわって寒さを感じる瞬間は誰にでも訪れるのだから。しなないでおねがい。解読できない愛と苦痛の声にむかって、ほの白い光と体温のある方へむかって、闇の中で、私もまたそのように目を開けて、声のする方を見つめていたのかもしれなかった。

乳

二十二歳になった女が一人で部屋に寝ている。初霜がまだ溶けない土曜日の朝、二十五歳の夫は昨日生まれた赤ん坊を埋葬しに、スコップを持って裏山へ行った。女の目は腫れていて、よく開かない。体のあちこちの関節が、腫れ上がった指の節々がひりひりする。一瞬、彼女は初めて胸に変化を感じ、体を起こして座り、ぎこちなく乳をしぼる。それは最初のうちは水っぽく、黄色がかっているが、やがて真っ白な乳が流れ出てくる。

その子が生きのびて、その乳を飲んだとしたら、と考える。

懸命に息をして、唇を動かし、乳を飲んだとしたら。

乳離れし、おかゆを食べ、つぎにごはんを食べて成長していく。やがて一人の女になってからも何度となく危機を迎え、しかしそのたび生きのびたとしたら、と考える。

死がそのつど彼女を避けて迂回していたら、または彼女が死を振り切って前へと進んでいたら、と考える。

しなないで　しなないでおねがい。

その言葉がお守りとなり、彼女の体に宿り、そのおかげで私ではなく彼女がここへやってくることを考える。
ふしぎなほど近しく思える、自分の生にも死にもよく似ているこの都市へ。

　そんな彼女がこの都市の中心部を歩いていく。四つ角に残された赤れんがの壁の一部を見ている。爆撃で倒壊した昔の建物を復元する過程で、ドイツ軍が市民を虐殺した壁を取りはずし、一メートルぐらい手前に移したのだ。そのことを記した低い石碑が立っている。その前には花が手向けられ、たくさんの白いろうそくが灯っている。

　明け方のそれのように濃くはないが、半透明のトレーシングペーパーのような霧がこの街を包んでいる。突然強風が吹きつけて霧を取り払ったなら、復元された新しい建物の代わりに、七十年前の廃墟が驚いて姿を現すかもしれない。彼女のまぢかに集まっていた幽霊たちが、自分たちが殺害された壁に向かって忽然と身を起こし、らんらんと目を燃やすのかもしれない。
しかし風は吹かない。何ものも、おののきつつ現れはしない。溶けて流れるろうの雫は白く、また熱い。白い芯を燃やす炎に自らを徐々に委ねて、ろうそくは短くなってゆく。徐々に消えてゆく。

今、あなたに、私が　白いものをあげるから。

汚されても、汚れてもなお、白いものを。
ただ白くあるだけのものを、あなたに託す。

私はもう、自分に尋ねない。

この生をあなたに差しだして悔いはないかと。

2

彼女

窓の霜

空気が完全に遮断されていないので、窓には霜の花がついている。真冬、真っ白に凍りついたその形は、河や小川が凍ったときの薄氷に似ている。小説家の朴泰遠《パク・テウオン》*は最初の娘が生まれたとき、窓についた霜を見てその子に名前をつけたという。雪栄《ソリヨン》。雪の花。

彼女は、あまりの寒さに海が凍った風景を見たことがある。海は遠浅で、ひときわ静かだった。しかし波は岸から凍りはじめ、まばゆい光を放っていた。白い花が咲きかけて途中で止まったような光景を見ながら歩いていくと、砂浜に、白い鱗を凍りつかせてこわばった魚が散らばっているのを見つけた。土地の人は、こんな日を「海に霜がおりた」というらしい。

＊　一九三〇年代に活躍したモダニスト作家。朝鮮戦争のときに北朝鮮に赴き、一九八〇年代に没

彼女が生まれた日には雪ではなく、初霜がおりたのだが、彼女の父も娘の名前に雪の字を入れてくれた。成長するにつれて彼女は人より寒さがこたえるようになり、名前に雪の字が入っているからではと、恨んだこともある。

霜がおりた土を踏むと、半分凍った土の感触が運動靴の底を通して足の裏に感じられ、その瞬間が彼女は好きだった。まだ誰にも踏まれていない初霜は美しい塩のようだ。霜がおりはじめるころから、陽の光は少し青みを帯びてくる。人々の口から白い息が漏れてくる。木々は葉を落としてしだいに軽くなる。石や建物など固いものたちは、微妙に重くなったように見える。コートを取り出して着込んだ男たちと、女たちの後ろ姿に、何ごとかに耐えはじめるとき人々が黙々と胸にたたみこむ予感が、にじんで見える。

この都市の郊外で彼女はその蝶を見た。真っ白な蝶が一匹、十一月の朝、葦の茂みのかたわらに羽根をたたんで横たわっていた。夏が過ぎて、蝶の姿はまるで見かけなくなったが、今までどこで生き延びてきたのだろう？　先週から気温が急激に下がったので、翼はあれから何度も凍えたり、溶けたりをくり返したのだろう。羽の白さが薄まり、ある部分はほとんど透き通って見える。地面の黒さがまだらに透けて見えるほどだ。もう少し経ったら、残りの部分も完全に透き通ってしまうだろう。翼はもはや翼ではないものになり、蝶はもはや蝶ではないものになるだろう。

こぶし

　ふくらはぎがぱんぱんになるまでこの都市の通りを歩きながら、彼女は待った。何らかの母国語の文章、もしくはいくつかの単語がとつぜん浮かんできて舌の下に溜まるのを。もしかしたら雪について書けるかもしれないと思った。この都市では一年の半分は雪が降ると聞いたから。

　冬が来るまで、彼女は根気強く見守った。舞い散る雪をまだ映していない商店のガラス窓を。まだ雪に覆われていない、道行く人々の髪を。見知らぬ人々の額と目をふとかすめて過ぎる、まだひとひらの雪も浮かべていない、斜めに降りそそぐ光を。握りしめるたびに冷えてゆく、青ざめた自分の両のこぶしを。

ぼたん雪が黒いコートの袖に止まると、特別に大きな雪の結晶は肉眼でも見ることができる。正六角形の神秘的な形が少しずつ溶けて消えるまでにかかる時間はわずか一、二秒。それを黙々と見つめる時間について、彼女は考える。

雪が降りはじめると、人々はやっていたことを止めてしばらく雪に見入る。そこがバスの中なら、しばらく顔を上げて窓の外を見つめる。音もなく、いかなる喜びも哀しみもなく、霏々《ひひ》として雪が舞い沈むとき、やがて数千数万の雪片が通りを黙々と埋めてゆくとき、もう見守ることをやめ、そこから顔をそらす人々がいる。

雪片たち

ずっと昔、夜も更けて、見知らぬ男が電柱の下に横たわっているのを彼女は見た。倒れたのか、酔っているのか？　救急車を呼んだ方がいいだろうか？　心配で目を離せずにいると、男が半身を起こしてぼんやりと彼女を見上げた。彼女は驚き後ずさりした。危ない人のようには見えなかったけれど、真夜中の道は静まり返り、人影もなかったから。背を向けて早足で歩み去り、ふと振り向くと、彼はまだ斜めに半身を起こして、冷たい歩道に座り込み、道の向かいの汚れた石灰の壁を穴があくほど見つめていた。

＊

したたかに転び、かじかんで動かない手をようやく地面に突っ張って立ち上がり、人生をとことん無駄にしてきたことを悟り、
あの、ぞっとするほど孤独な家の片すみに
帰っていきたくない自分に気づくとき。
何故だ　どういうことなのだ、
こんなことになっているのは、と思うとき
彼に降りかかる　汚れた雪、
また真っ白な雪。

＊

ひたぶるに雪片は舞い散る。
街灯の明かりがもう届かない、真っ暗な虚空に。

語ることを持たない黒い木の枝の上に。
うつむいて歩く人々の髪に。

万年雪

いつか万年雪の見える部屋で暮らしてみたいと、彼女は思ったことがある。窓の近くに立っている木々が春から夏へ、秋から冬へと姿を変えていくあいだも、はるかな山のいただきは常に冷え冷えと凍りついているはずだ。幼いころ、風邪で熱を出した彼女の額に代わる代わる手を当てては熱を見ていた、大人たちの冷たい手のように。

一九八〇年にこの国で撮られたというモノクロ映画を彼女は見た。主人公の男性は六歳のときに父を失い、物静かな母親のもとで育った（二十八歳の若い父親は同僚たちとヒマラヤに登攀して遭難し、死体は見つからなかった）。成人して母の家を出た彼は、潔癖といえるほど倫理的な生き方を貫くが、それは何かの選択を迫られるたび、なぜかヒマラヤの雪山に雪が降りしきる圧倒的な風景が彼の目の前をさえぎるからだ。そのため彼は、誰もがたやすくは下せない決定をし、その結果絶えず苦難に見舞われる。不正が蔓延する時代に、彼一人がわいろを受け取らないという理由で同僚からつまはじきにされ、後にはリンチまで受ける。ついに罠にはめられて職場を追われ、一人で帰ってきた部屋で思いにふけるとき、はるかな雪山の渓谷と峰々が彼の視野一面を埋める。そこは彼には踏み込めない場所。凍りついた父の体を隠し持っている、人間には許されていない氷の大地。

遠くで水面が立ち上がる。そこから冬の海が走ってくる。もっと近くへ、もっと力強く、迫ってくる。最大限に高くそそり立った瞬間、波は真っ白に砕け散る。海が粉々に割れ、砂浜を滑ってきてまた後方へとしりぞく。

陸と水が出会うその境界に立ち、あたかも永遠に反復されてきたかに思える波の動きを見守るとき（実は永遠ではない――地球も太陽もいつかは消えるのだから）、私たちの生も刹那にすぎないという事実がありありと迫ってくる。

砕ける瞬間、波は眩しいほどに白い。はるかな海の静かな海流は無数の魚たちの鱗のよう。数千、数万もの波頭が輝きひらめき、身を翻す（しかし何もかもが、永遠ではなく）。

生は誰に対しても特段に好意的ではない。それを知りつつ歩むとき、私に降りかかってくるのはみぞれ。額を、眉を、頬をやさしく濡らすのはみぞれ。すべてのことは過ぎ去ると胸に刻んで歩むとき、ようやく握りしめてきたすべてのものもついには消えると知りつつ歩むとき、みぞれが空から落ちてくる。雨でもなく雪でもない、氷でもなく水でもない。目を閉じても開けていても、立ち止まっても足を速めても、やさしく私の眉を濡らし、やさしく額を撫でにやってくるのはみぞれ。

犬は犬でも吠えない犬は?

彼女がこのなぞなぞを初めて聞いたのはまだ幼いころだ。いつ、誰に聞いたのかはもう思い出せない。

最初の職場を辞めて実家に帰っていた二十四歳の夏、彼女は隣家の庭に一匹の白い犬がいるのを見た。以前はそこに獰猛な土佐犬がいたのだ。首をつないだ綱がほどけるか切れようものなら、すぐさま飛びかかり、嚙みついてやるぞというように、その犬は綱がぴんと張り詰めるほど前に踏み出して吠えていた。その殺気におじけづいた彼女は、つながれているとわかっていても、門からできるだけ離れたところを通ったものだ。

あの土佐犬の代わりにそこにつながれていたのは、珍島犬の血が若干混ざっているらしい雑種の犬だった。白い毛並みに艶がなく、体のあちこちに銅貨ぐらいの毛が抜けたところがあり、薄桃色の地肌が見えている。その犬は吠えもしないし、ううううと唸ったりもしなかった。彼女と目が合った瞬間、驚きのけぞり、首の鎖をセメントの床にちゃりちゃりと引きずりながら後ずさりした。熱い陽射しに灼けつくような八月のことだった。暑さのせいか村の路上に人影はない。犬はおののきつづけ、後ずさりするたびに鎖の音で静寂を破りながら、二つの黒い目でじっと彼女を見上げていた。彼女が動くとさらに肝をつぶし、小さな体をもっと低くして後ろへ下がりながら、ちゃりちゃりと鎖の音を立てる。彼女の顔からいっときも目をそらさないままだった。恐怖。その目が語っているものは恐怖だと、彼女は気づいた。

夕方、その犬について尋ねると、彼女の母は答えた。

誰が来ても吠えないし、ぶるぶる震えているばかりだから、また売ってしまおうかって飼い主が言ってるんだ。泥棒が入ってもあれじゃあねえ。

その犬は彼女を怖がりつづけた。一週間が過ぎ、もう慣れてもいいころだと思われた最後の日にも、彼女を見た瞬間体を低くして後ずさりした。蹴られたり、首を絞められるとでも思っているように脇腹と首を曲げ、身をよじり、荒い息をしているようだったが、それもよく聞こえない。聞こえるのはただ、鎖がセメントの床に引きずられる低い音ばかり。何か月も顔を合わせていた母を見ても、犬はまだ後ずさりする。大丈夫だよ、大丈夫だってばと小声でなだめつつ、母は憮然として彼女を置いて歩いていき、ちっちっと舌打ちしながらつぶやいた。……ずっと、ひどい目に遭ってきたみたいだね。

犬《ケ》は犬《ケ》でも吠えない犬は？

このなぞなぞの答えは、何のことはない、霧《アンゲ》だ。

だから彼女にとって、あの犬の名前は「霧」になった。真っ白で大きくて、吠えない犬。

遠い記憶の中でぼやけてしまった、シロに似た犬。

その年の冬、彼女がまた実家へ帰ってみると、「霧」はいなかった。小さな茶色の利口そうなブルドッグが、例の鎖につながれたまま、彼女に向かってちゃんと唸った。

あの犬はどうなったの?

母が首を横に振った。

売りたくても売れずにいるうちに、夏は越したんだけど、霜がおりて急に寒くなったころに死んだんだって。声一つ立てずに、あそこに伏せて……具合が悪くて、三日か四日、何も食べずにいたあとで。

吹雪

　何年か前、ソウルに大雪注意報が出たときのことだ。激しい吹雪のソウルの坂道を、彼女は一人で上っていた。傘はさしていたが、役に立たなかった。まともに目を開けることもできなかった。顔に、体に、激しく打ちつける雪に逆らって彼女は歩きつづけた。わからなかった、いったい何なのだろう、この冷たく、私にまっこうから向かってくるものは？　それでいながら弱々しく消え去ってゆく、そして圧倒的に美しいこれは？

その年の冬、彼女は弟と一緒に六時間車に乗って、南の海岸地帯へ行った。母の遺骨が入った箱を納骨堂に収め、母の魂は遠くに海を臨む小さな寺に委ねた。毎朝明け方に僧侶たちが、母の名を唱えて読経をしてくれるという。釈迦生誕日には、蓮の花の提灯を作って母のために灯してくれるという。その光とその声のかたわらで、母の灰は、石の棚に収められ、変わりない静けさの中にあるだろう。

ある日彼女は、一つかみの粗塩をよくよく眺めてみた。白っぽい影を宿したでこぼこの塩の粒子はひんやりと美しい。何かを腐らせずに守る力、消毒し、癒す力がこの物質に宿っていることが、実感できた。

傷のある手で塩をつまんだことがあった。料理をしていて時間に追われ、指先を切ってしまったのが最初の失敗で、傷口をそのままにして塩をつまんだのは、もっと悪い二つめの失敗だった。文字通り「傷に塩を塗る」という感覚を、そのとき学んだ。

しばらく後、塩で小さな山を作り、そこに裸足で入れるようにしたインスタレーションの写真を見た。用意された椅子に腰かけて、靴と靴下を脱いでから、塩の丘に両足を踏み入れ、好きなだけそこにいられるようにした空間だ。写真に映っている展示室は暗く、光が当たっているのは人の背丈よりちょっと高いぐらいの塩の小山のてっぺんだけだ。影になって顔がよく見えないが、観覧者が一人、椅子に座ってその丘の斜面に両の素足を載せていた。どれほど長くそうしているのか、白い塩の山とその女性の体が自然に――あやしく痛く――一つにつながっているように見えた。

あれをしたいなら、一つも傷のない足を持っていなくては。写真を眺めながら彼女はそう思った。あそこに載せていいのはきれいに癒えた足だけだ。あの山――どんなに白く輝いていても、影のところは寒々と冷えているあの山に。

雲の後ろに月が隠れた瞬間、雲は突然しらじらと冷たく光りだす。そこに黒雲が混じっていれば、微妙に陰って美しい模様が生まれる。灰色や薄紫、薄く青みを帯びたその模様の後ろに、丸い、または半円の、それよりちょっと細かったり、糸のように細い青ざめた月が身を潜めている。

満月のたび、彼女はそこに人の顔を見た。ごく幼いころから、大人たちがいくら説明してくれても、どれが二匹のうさぎでどれが臼なのかわからなかった。思いに沈んでいるような二つの目と鼻の影だけが見えた。

月がひときわ大きく浮かんだ夜、カーテンで窓を遮らずにいれば部屋のすみずみまで月光が沁みわたる。彼女は歩き回る。思いに沈んだ巨大な白い顔から沁みだしてくる光、巨大な、真っ暗な二つの目から漏れでてくる暗闇の中を。

レースのカーテン

凍てついた街を歩いていた彼女が、とある建物の二階を見上げる。目の粗いレースのカーテンが窓を覆っている。汚されることのない白いものが私たちの中にはゆらゆら揺れていて、だからあんな清潔なものを見るたびに、心が動くのだろうか？

洗い上げてきっぱりと乾いた白い枕カバーとふとんカバーが、何ごとか話しているように感じることがある。そこに彼女の肌が触れるとき、純綿の白い布は語りかけてくるかのよう。あなたは大切な人であり、あなたは清潔な眠りに守られるべきで、あなたが生きていることは恥ではないと。そして眠りと目覚めのあわいで、純綿のベッドカバーと素肌がさわさわと触れ合うとき、彼女はふしぎな慰めに包まれる。

息

寒さが兆しはじめたある朝、唇から漏れ出る息が初めて白く凝《こご》ったら、それは私たちが生きているという証。私たちの体が温かいという証。冷気が肺腑の闇の中に吸い込まれ、体温でぬくめられ、白い息となって吐き出される。私たちの生命が確かな形をとって、ほの白く虚空に広がっていくという奇跡。

白い鳥たち

冬の海辺の砂浜に、白いかもめたちが集まっていた。二十羽ぐらいいただろうか？　水平線の方へ徐々に傾いていく西陽に向かって鳥たちは止まっていた。無言の儀式をおこなうかのように微動だにせず、零下二十度の寒さの中で、日没を見守っていた。彼女も歩みを止めて、彼らが眺めているもの――赤くなる直前の青ざめた光源――を見つめた。骨の髄まで凍るような寒さだったが、彼女の体がほんとうに凍りついてしまわないのは、あの光と熱のおかげだと知っていた。

＊

夏の日、ソウルで川沿いを歩いているときに彼女は鶴を見た。全身が白いのに、足だけは明るい赤だった。鳥はつるつるした大きめの岩の上に上り、両足を乾かしているところだった。彼女が自分を見ていると、鳥は知っていたのだろうか？　多分知っていたのだろう。彼女が自分を傷つけないということも知っていたのだろう。それであんなに無心に対岸を眺めながら、赤い足を日光にさらし、乾かしていたのだ。

＊

なぜ白い鳥はほかのどの色の鳥とも違う感動をくれるのか、彼女は知らない。なぜ特別に美しく、気品に満ちて、ときにはほとんど神聖なほどに感じられるのか？　彼女はときどき白い鳥が飛んでゆく夢を見る。夢の中でその鳥は、とても近くを、手が触れるほどの間近を、音一つ立てず、日光に羽毛を光らせて飛んでゆく。どんなに遠ざかっても視野から消えることがない。永遠に消滅せず、滑空する。まばゆい二枚の翼をいっぱいに広げて。

＊

この都市で、彼女の頭に白い鳥が降り立ち、しばらくとどまってから飛び立っていったことをどう受け止めるべきだろう？　気がかりなことがあって、考えごとをしながら川沿いの公園と土手に沿ってとぼとぼと家に帰っていくときだった。何か大きなものが一瞬、ふんわりと彼女の頭のてっぺんに止まった。ほとんど頬に触れるほどに両の翼を垂らして彼女の顔を包んだと思うと、何ごともなかったかのようにばさりと飛び立ち、間近な建物の屋根に降り立った。

混みいった住宅街のビルの下を歩いていた晩夏の午後、彼女は見た。一人の女が三階のベランダから誤って洗濯物を落としたのを。最後にハンカチが一枚、とてもゆっくりと落下していった。翼を半分たたんだ鳥のように。落下地点をおずおずと見定めている魂のように。

天の川

冬が来てからというもの、この都市のお天気はほとんど毎日、曇りだから、彼女はもう夜空の星を見られない。気温は零度前後を行ったり来たりし、一日雨が降り、翌日は雪が降る、そのくり返し。気圧が低いので彼女はしょっちゅう頭痛がする。鳥たちはとても低く飛んでいた。午後三時から陽が沈みはじめ、四時にはあたりが漆黒の闇だ。

まるで故国の真夜中零時のように真っ暗な午後の空を見上げながら、彼女は星雲について考えた。田舎の実家で夜に見た、二つの目をめがけていっせいに降り注ぐようだった、塩の結晶のようだった幾千もの星たち。一瞬にして目を洗ってくれて、何も憶えていられなくなりそうだった、冷たく清らかだったあの光。

白く笑う、という表現は（おそらく）彼女の母国語だけにあるものだ。途方に暮れたように、寂しげに、こわれやすい清らかさをたたえて笑む顔。または、そのような笑み。

あなたは白く笑っていたね。

例えばこう書くなら、それは静かに耐えながら、笑っていようと努めていた誰かだ。

その人は白く笑ってた。

こう書くなら、（おそらく）それは自分の中の何かと訣別しようとして努めている誰かだ。

白木蓮

大学の同期生二人が、二十四歳と二十三歳で、同じころに亡くなった。バスの転覆事故と兵役中の事故で。翌年の春、同じ級だった卒業生がお金を出し合って基金を作り、文学の講義を聞いていた教室から見える丘に、白木蓮の若木を二本、植樹した。

何年も過ぎた後、生命―再生―復活を意味するその花咲く木の下を通り過ぎながら、彼女は思った。あのとき自分たちはなぜ、白木蓮を選んだのだろう？　白い花は生命につながっている？　それとも死？　インド・ヨーロッパ語では、空白 blanc と白 blanc、黒 black と炎 flame はみな同じ語源を持つということを、彼女は読んだ。闇を抱いて燃え上がる、がらんどうの、白い、炎たち――三月につかのま咲いて散る二本の白木蓮は、それなのだろうか?

いかなる自己憐憫もまじえずに、まるで他者の人生に好奇心を抱くような気持ちで、彼女がときおり気にしていること。小さいときから彼女が飲んできた錠剤を集めたら、全部で何個になるのだろう？　病気だった時間を全部合わせたらどれほどになるのだろう？まるで人生そのものが彼女の前進を望んでいないかのように、幾度となく彼女は病んだ。彼女が光のさす方向へと歩むのをさえぎろうとする力が、まさに自分自身の体内に待機しているかのように。そのたびに彼女がためらい、行きあぐねていた時間を全部合わせたら、どれほどになるだろう？

角砂糖

九歳のころだった。いちばん若い叔母に連れられて初めて喫茶店へ行ったとき、彼女は初めて角砂糖を見た。白い紙に包まれた正六面体のそれは完璧なほど正確な形で、自分には過分なもののように思われた。注意深く包み紙をはがし、角砂糖の表面を撫でてみた。角のところをそうっとつぶしてみて、舌をあててみて、くらくらするような甘い表面を少しだけかじり、最後に水のコップに入れて、溶けていくようすを観察する遊びにふけった。

今、彼女はもうそれほど甘いものが好きではないのだが、ときおり角砂糖が盛られた皿を見ると、何か尊いものに出会ったような気持ちになる。ある記憶は決して、時間によって損なわれることがない。苦痛もそうだ。苦痛がすべてを染め上げて何もかも損なってしまうというのは、ほんとうではない。

灯たち

この都市のむごく厳しい冬の中、彼女は十二月の夜を通過中だ。窓の外は月明かりもなく暗い。マンションの裏の小さな工場の建物には、保安のためか、十個あまりの電灯が夜じゅうずっと灯っている。漆黒の闇の中にぽつりぽつりと灯った電灯が作る、めいめい孤立した光の空間を、彼女は見守る。ここに来てから、いや、実はここに来る前から、彼女は熟睡できたことがない。少しのあいだ目を閉じて起き上がってみても、窓の外は今と同じく真っ暗だろう。運良く少し長く眠って目覚めることができたなら、夜明けのほの青い光が、暗闇の内側からゆっくりと沁みでてくるのを見ることになるはずだ。そのときにも、あの灯たちはまだきっぱりとした静けさの中に孤立して、白く凍りついたままでいることだろう。

幾千もの銀の点々が

そんな夜にはこれという理由もなく、あの海のことも思い出す。

船はとても小さく、少しの波にも大揺れした。八歳だった彼女は恐ろしさにずっと肩を丸めていた。頭と胸を低くしすぎて、最後は船底に伏せるようにしていた。そんなある一瞬、幾千もの銀色の点が海の遠くから押し寄せてきて、船の下を通り過ぎていった。彼女はたちまち怖さも忘れ、その輝くものが力強く移動していくのを、ぼんやり見送った。

……イワシの群れが行っただね。

船尾に無心に腰かけていた叔父が笑いながら言った。日焼けして、いつも縮れ髪をほつれさせていた、二年後、四十歳にも満たない年齢で、アルコール中毒で死んだ彼が。

人間はなぜ、銀や金、ダイヤモンドのような、きらきらする鉱物を貴いと感じるのだろう？　一説には、水のきらめきが古代の人々にとって生命を意味したからだという。輝く水はきれいな水だ。飲める水——生命を与えてくれる水だけが透明なのだ。沙漠を、ブッシュを、汚い沼沢地帯を大勢でさまよったはてに、白く輝く水面を遠くに見出したときに彼らが感じたのは、刺すような喜びであったはずだ。生命であり、美であったはずだ。

白い石

遠い昔に彼女は海岸で、白い小石を拾った。砂を払い、ズボンのポケットに入れて家に持ち帰り、引き出しに入れておいた。波に洗われ角がとれ、丸くすべすべになった石。中が透けて見えるほど白いと思ったけれど、透明ではなかった（じつは平凡な白い石だった）。ときどき彼女はそれを引き出しから取り出し、手のひらに載せてみた。沈黙をきゅっと固めて凝縮させることができたなら、こんな手ざわりだろうと思えた。

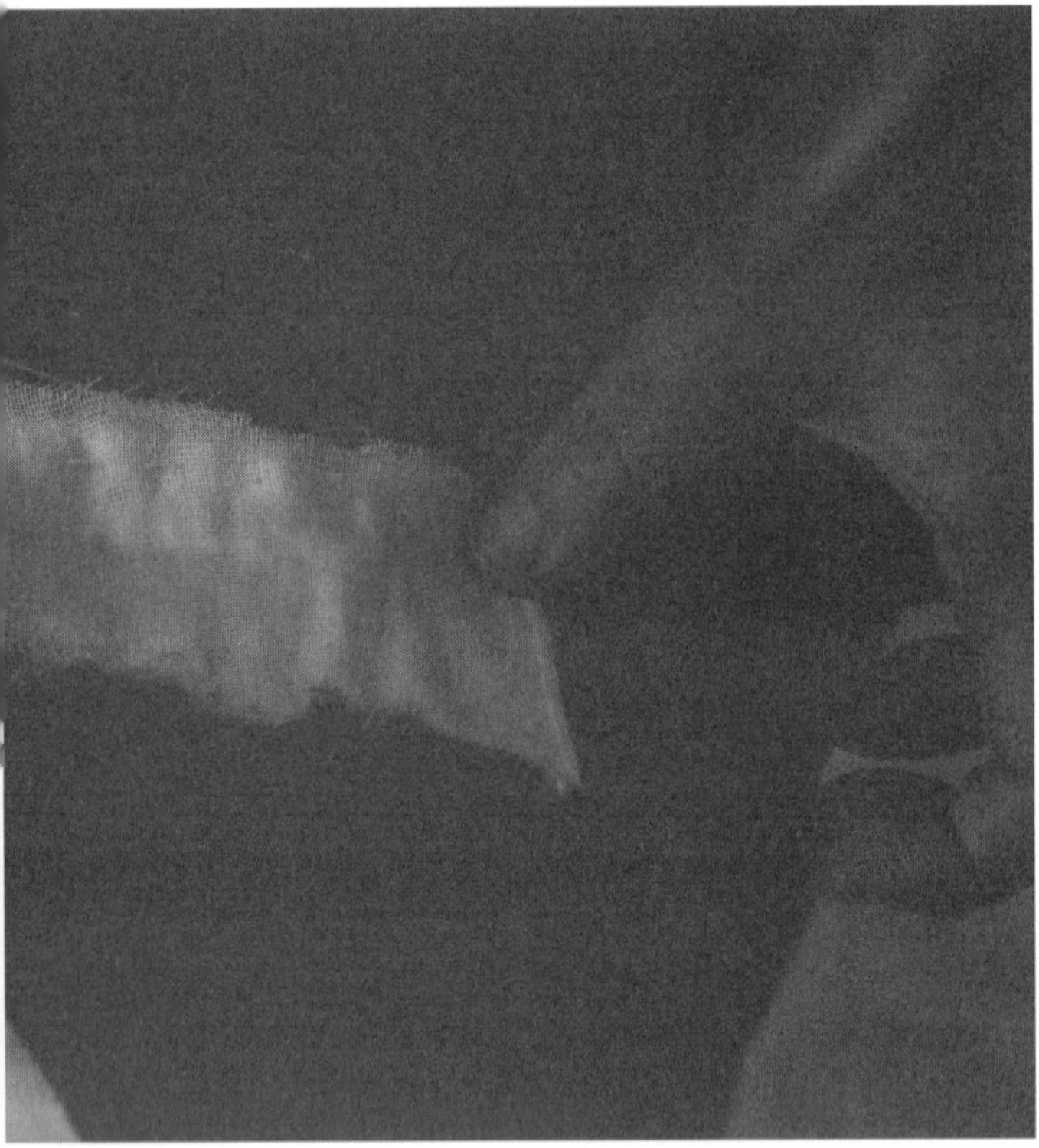

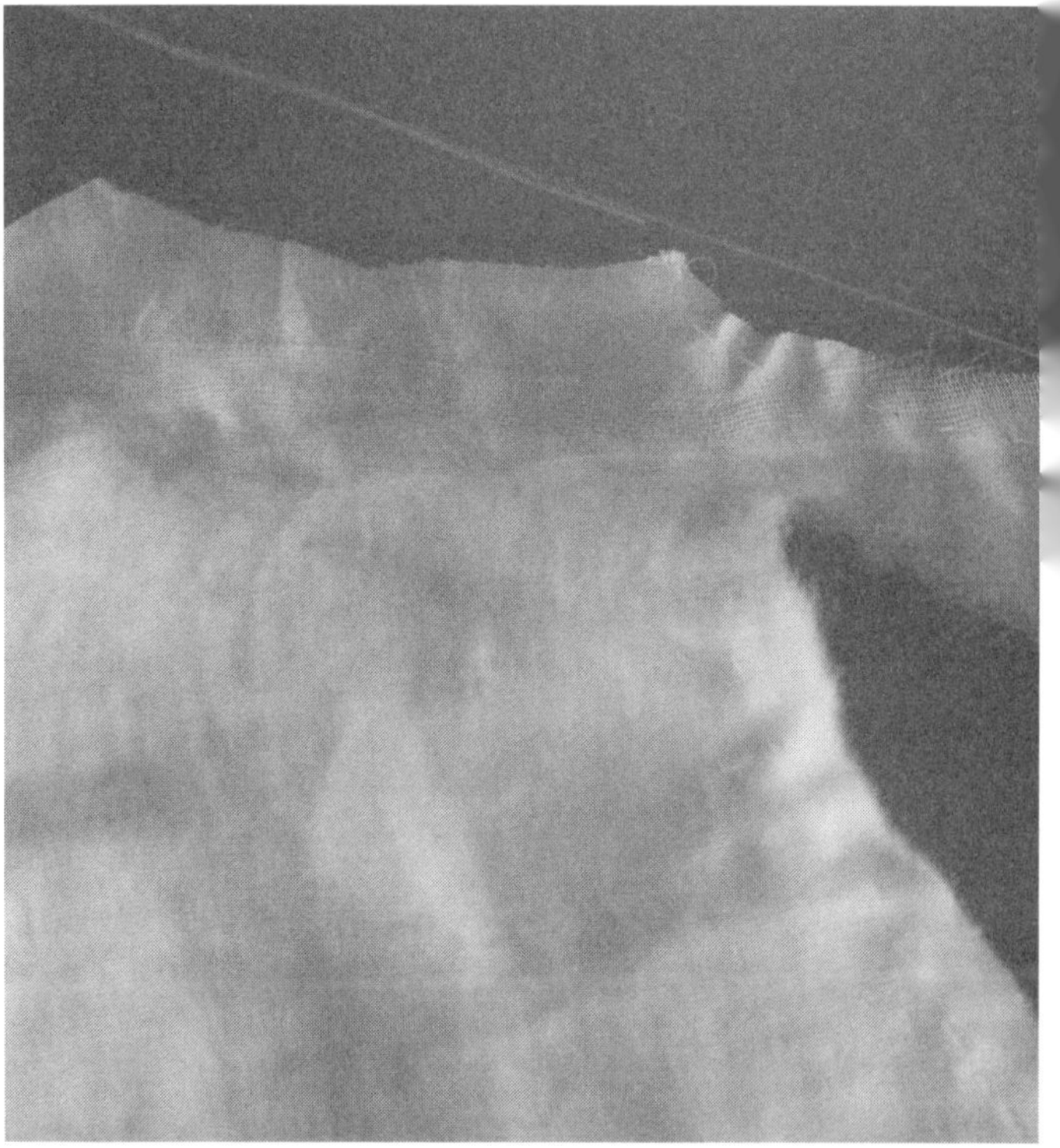

白い骨

痛みのために、彼女は全身のX線撮影をした。海の底のような群青色をした写真の中に、白くかすれた骸骨が一体、立っている。人の体の中に、石の物性と似た硬いものが控えているのが、驚くべきことに思えた。

それよりもずっと前、思春期にさしかかったころ、彼女はさまざまな骨の名前に魅了されていた。鎖骨、肋骨、膝蓋骨、踝。人間は肉と筋だけでは存在しえないと思うと、不思議に安堵するのだった。

砂

そうして彼女はしばしば、忘れた。
自分の体が（われわれ全員の体が）砂の家であることを。
絶えず壊れてきたし、壊れつつあることを。
指のあいだをひたすら滑り落ちていく、砂だということを。

鳥の羽毛のように髪が真っ白になったら昔の恋人に会いに行きたいと言っていた、中年の上司のことを彼女は思い出す。すっかり年をとって、一本残らず完全な白髪になったら……一度だけ会いたい。

もう一度あの人に会いたいときが来るとしたら、きっとそのとき。
若さもなく肉体もなく、
何かを熱望する時間がすでに尽きたとき。
邂逅のあとに残されたことはただ一つ——体を失い、ほんとうの訣別が来る、そのことだけというとき。

雲

あの夏、雲住《ウンジュ》寺の前の野原で、雲が行きすぎるのを私たちは見てたよね。平らな岩の表面に陰刻された仏様を見ながらしゃがんでいるときだった。巨きな白い雲と、その雲の黒い影法師とが、天と地の両方で足並みを合わせ、一緒に、早足に、流れていったっけ。

白熱灯

今、彼女の机の上はきれいにかたづけられている。机の左の方に置いた白いスタンドの笠の中から、白熱灯が光と熱を放っている。

静かだ。

ブラインドをおろしていない窓の外に、真夜中過ぎの閑散とした道路を走る自動車のヘッドライトが見える。

いかなる苦痛も味わったことがない人のように、彼女は机の前に座っている。

さっきまで泣いていた人でも、今にもまた泣きだしそうな人でもないみたいに。

打ちのめされたことがない人であるみたいに。

我々は永遠を手に入れることができないという事実だけが慰めだった日など、なかったように。

ここに来てから彼女は聞いた。ノルウェー最北端の有人島では、夏は一日に二十四時間太陽が出ており、冬は一日二十四時間がずっと夜なのだと。そんな極端さの中で生きることについて、彼女はこんこんと考えた。今、この都市で彼女が通過しつつあるのは、白い夜なのか、または黒い昼なのか？　古い苦痛はまだすっかり収束しておらず、新たな苦痛はまだ始まってもいない。日々は完全な光にも完全な闇にもなれずに、過去の記憶に揺さぶられている。反芻できないのは未来の記憶だけだ。形のない光が彼女の現在の前に、彼女が知らない元素でいっぱいの気体のような何かになって、ゆらめいている。

舞台に上がった瞬間、強い照明が天井から降り注いで彼女を照らした。すると舞台以外のすべての空間は真っ暗な海になった。客席に誰かいるなどとは実感できない。彼女は混乱していた。あの、海底のような闇の奥底へ手探りで降りていくべきなのか。この光の島でもちこたえることができるのか。

薄紙の白い裏側

恢復するたびに、彼女はこの生に対して冷ややかな気持ちを抱いてきた。恨みというには弱々しく、望みというにはいくらか毒のある感情。夜ごと彼女にふとんをかけ、額に唇をつけてくれた人が凍てつく戸外へ再び彼女を追い出す、そんな心の冷たさをもう一度痛切に確認したような気持ち。

そんなとき鏡を見ると、これが自分の顔だということになじめなかった。薄紙の裏側の白さのような死が、その顔のうしろにいつも見え隠れしていることを忘れられなかったから。

自分を捨てたことのある人に、もはや遠慮のない愛情を寄せることなどできないように、
彼女が人生を再び愛するためには、そのつど、長く込み入った過程を必要とした。

なぜなら、あなたはいつか必ず私を捨てるから。
私がいちばん弱く、助けを必要としているときに
取り返しのつかないほど冷たく背を向けるはずだから。
私にはそのことがありありと透けて見えるから。
それを知る以前に戻ることは、できなくなっているから。

日暮れ前、水気を多く含んだ雪が降りついだ。歩道に触れるとすぐに溶ける雪、驟雨のようにたちまちに降りやむ雪だった。

灰色の旧市街地が、あっという間に白さに隠れていく。いきなり非現実的に変貌した空間の中で、行き交う人々は、すり切れた自分の時間に手当てをほどこしながら歩いてゆく。彼女も立ち止まらずに歩いてゆく。消えてゆく——消えている——美しさの中を通過しながら、もくもくと。

静けさに

彼女がここを発つ日が近づくとき、
これ以上はとどまることが許されていないこの家の暗がりに、静けさに、かけたい言葉があるはずだ。
終わりがないように思えた夜が明け、カーテンのない北東の窓に薄明かりが入ってくるとき、
群青の空を背にしたポプラの木の浄らかな骨格が、徐々に現れていくとき、
彼女が住む建物からまだ誰も出てきていない、そんな日曜の夜明けの静けさに、かけたい言葉があるはずだ。

もう少しこのままでいてほしい。
まだ私は充分に洗われていないから。

境界

この物語の中で彼女は育った。

七か月で、彼女は生まれた。二十二歳だった母は何の準備もなく陣痛を迎えた。突然に初霜がおりた日。家には母のほかに誰もいなかった。生まれたばかりの彼女はか弱い声でしばらく泣いただけで、やがて静かになった。血のついた小さな体に母は産着を着せ、顔が隠れないようにそっと、気をつけて、綿の入った布団でくるんだ。まだお乳の出ていない乳房を含ませると、赤ん坊は本能的に弱々しく吸ったが、すぐにやめてしまった。家でいちばんあたたかいオンドルの焚き口近くに寝かせておいた赤ん坊は、それ以上泣きも、目を開けもしなかった。恐ろしい予感に脅えて母がふとんを少しずつゆすってやるとそのたびに目は開いたが、すぐにぼんやり閉じてしまった。そしていつからか、ゆすってやっても反応しなくなった。けれども夜明け前、初めて出たお乳を赤ん坊の唇にあててやったとき、驚くべきことにまだ息があった。意識のない状態で、赤ん坊は乳房をくわえ、少しずつ飲み込んだ。もっと、もっと、飲み込んだ。まだ目は閉じたまま。今このとき、自分が越えつつある境界が何であるのか知らぬまま。

葦原

夜の間に降った霜に覆われた葦原に、彼女が立っている。白くやせ細った、雪の重みに耐えて斜めにしなった葦の一本一本を眺める。葦原に囲まれた小さな沼に、野生のカモが一つがい住んでいる。薄氷の表面とまだ凍っていない灰青色の水面が出会う沼の真ん中に、並んで、首を垂れ、水を飲んでいる。

彼らに背を向ける前に彼女は自問する。
この先へ進みたいの。
その価値があるの。

ない、と震えながら自分にむかって答えたときがあった。

今、いかなる答えも保留にしたままで、彼女は歩いている。殺風景でもあり美しくもある、この半分凍った沼を抜け出していく。

生がまっすぐ伸びていくだけのものでないなら、いつしか彼女は曲がり角に戻っていく自分を見出すかもしれない。突然振り向いたとき、これまでの道程が少しも見えてこない、新しい局面にさしかかったことに気づくかもしれない。その道は雪や霜ではなく、薄みどりの、根気強い草に覆われているかもしれない。にわかに羽を広げて飛んでいく白い蝶々が彼女のまなざしをとらえ、悶える魂さながらに羽ばたき、彼女はそれを追って何歩か歩み出すかもしれない。そしてあたりの樹木のすべてが、何かにとらわれたように蘇っているという事実、息も止まるような未知の香りに包まれているという事実、もっともっと茂るために、上へ、空の方へ、明るい方へむかって萌え上がっているという事実に、気づくかもしれない。

魂があるとしたら、目に見えないその動き方はきっとあの蝶に似ているだろうと彼女は思ってきた。

ならばこの都市の魂たちも、自分が銃殺された壁の前にときどき飛んできては、蝶のように音もなく羽ばたきながら、そこにとどまっているのだろうか？　だが、この都市の人々がその壁の前にろうそくを灯し、花を手向けるのは、魂たちのためだけではないと彼女は知っている。彼らがそうするのは、殺戮されたことは恥ではないと信じているためだ。哀悼を可能な限り延長するためだ。

彼女は、自分が置いて出てきた故国で起きたことについて考え、死者たちが十全に受けとれなかった哀悼について考えた。その魂たちがここでのように街頭で称えられる可能性について考え、故国はただ一度もそれをやりとげたことがないと気づいた。

そしてそれよりもささやかに、彼女は、自分を立て直す過程に何が足りなかったのかを知りつつあった。もちろん、彼女の体はまだ死んでいない。彼女の魂はまだ肉体に宿っている。爆撃で完全に破壊されてしまわず、新しい建物の前に移された煉瓦の壁の一部——きれいに血を洗い流した残骸——に似た、もう若くはない肉体の中に。

壊れたことのない人の歩き方を真似てここまで歩いてきた。繕えなかったところにはきれいなカーテンをかけて、隠してきた。訣別と哀悼は省略した。今までもこれからも、壊れたことはないと信じてきた。

だから、彼女にはいくつかの仕事が残されている‥

嘘をやめること。

（目を開いて）カーテンを開けること。

記憶しているすべての死と魂のために——自分のそれも含めて——ろうそくを灯すこと。

米と飯

夕食に食べる米と水を買うために彼女は歩いていく。この都市で、粘りけのある米を買うことはたやすくない。大きなスーパーでだけ、五百グラム単位でスペイン産の米を小さなビニール袋に入れて売っている。それを買って家に戻ってくるとき、彼女のバッグの中で白い米は静まり返っている。炊きたての飯を盛った器から白い湯気が上がり、その前に祈るように座るとき、その瞬間に感じるある感情を彼女は否認しない。それを否認することは不可能だ。

3

すべての、白いものたちの

初めての娘を亡くした翌年、母は男の子を早産した。最初の子よりもさらに月足らずで生まれたその子は一度も目を開けぬまま、すぐに死んだという。あの命たちが死線を越えて生の側へ踏み入ってきていたなら、その後三年をおいて私が、また四年後に弟が生まれることは、なかっただろう。母が臨終の間際まで、あれらの打ちのめされた記憶を取りだしてまさぐりつづけることも、なかっただろう。

だから、もしもあなたが生きているなら、私が今この生を生きていることは、あってはならない。

今、私が生きているのなら、あなたが存在してはならないのだ。

闇と光の間でだけ、あのほの青いすきまでだけ、私たちはやっと顔を合わせることができる。

あなたの目

あなたの目で眺めると、違って見えた。あなたの体で歩くと、私の歩みは別物になった。私はあなたにきれいなものを見せてあげたかった。残酷さ、悲しみ、絶望、汚れ、苦痛よりも先に、あなたにだけはきれいなものを。でも思うようにいかなかった。ときどき、底知れぬ真っ暗な鏡の中にその姿を求めるように、あなたの目を覗き込んだ。

あのときあの人里離れた官舎ではなく町に住んでいたら。母は成長期にあった私にしきりとそう言った。救急車に乗せて病院に運ぶことができていたなら。あのころ導入されたばかりの哺育器に、タルトックのようだった赤ちゃんを入れることができていたなら。

あなたがそんなふうに息を止めず、生まれなかった私の代わりに、今まで生きていてくれたなら。あなたの目とあなたの体で、暗い鏡に背を向けて、力いっぱい歩いてくれていたなら。

そしてどうしたの、その赤ちゃんを？

二十歳のころ、ある夜に、父に初めてそう尋ねたとき、まだ五十歳になっていなかった

彼はしばらく黙し、こう答えた。

白絹で何重にもくるんでやって、山に埋めたよ。

一人で？

そう、一人で。

産着が壽衣になった。おくるみがひつぎになった。

父が寝た後、私は水を飲もうとしてやめ、かちかちにこわばっていた肩を伸ばした。みぞおちを押して、息を吸い込んだ。

お姉ちゃんがいたらな、と思っていた。そんな子ども時代が私にあった。私より指尺で一本分ぐらい背が高いお姉ちゃん。ちょっと毛羽立ったセーターや、ごく小さな傷がついたエナメルシューズをおさがりにくれるお姉ちゃん。

母さんが病気のとき、コートを羽織って薬屋に行き、帰ってくるお姉ちゃん。しいっ、そうっと歩かなくちゃ、と唇に指をあてて私に注意するお姉ちゃん。これはすごく簡単だよ、単純に考えてごらんと言いながら、数学の問題集の余白に方程式を書いてくれるお姉ちゃん。素早く暗算をしようとしてしわをよせた、その額。

足の裏にとげが刺されば、そこに座ってごらんと言い、スタンドを持ってきて足の裏を照らし、ガスレンジで焼いて消毒した針でとげを抜いてくれるお姉ちゃん。

闇の中にうずくまっている私に近寄ってくるお姉ちゃん。もうやめよう、あんたが誤解しているわ——そして短くぎこちないハグ。いいから起きなさい、ごはん食べよう。顔をかすめる冷たい手。彼女の肩が私の肩に触れ、そしてすばやく離れていく。

白紙の上に書かれたいくつかの言葉のように。

今しがた降ってきて歩道をふんわりと覆う雪の上に私の黒い足跡が捺されていた。
白紙の上に書かれたいくつかの言葉のように。
発つときにはまだ夏だったソウルが凍りついていた。
ふり向くと靴跡はもう、雪に覆われていた。
消えかけていた。

白服

結婚式を控えた人たちは、互いの父母に服を贈らなくてはならない。生きている親には絹の衣裳。死んでいる親には木綿の白い衣裳を。

一緒に行ってくれるよね、と弟が電話で言った。姉さんが帰ってくるまで待ったんだ。

弟の花嫁になる人が準備した白い木綿のチマとチョゴリを私は岩の上にのせた。毎朝、読経のあとで母の名前を呼んでくれるお寺の下手《しもて》の森で。弟に手渡されたライターで袖に火をつけると、青い煙が立ち上る。あんなふうに白い衣裳が空に沁み込んでいけば魂がそれを着てくれると、私たちはほんとうに、信じているだろうか？

口をつぐんだまま私たちは、辛抱強く眺めていた。大きく広げられた灰色の翼のような煙が、虚空に沁み透ってゆく。消えてゆく。あっというまにチョゴリが燃え、チマに火が移るのを私は見た。木綿のチマの最後の部分が炎の中へ吸い込まれたときに、私はあなたのことを考えた。やってくることができるならば今このとき、来てください。煙の中にかき消えてゆくあのチマをチョゴリを、翼のようにまとってください。言葉の代わりに私たちの沈黙があの煙の中に溶けているのだから、苦いお薬のように、苦いお茶のように、あれを飲んでくださいと。

沈黙

長かった一日が終わると、沈黙のための時間が必要だった。暖炉の火の前に座ったときにひとりでにそうなるように、沈黙のわずかなぬくもりにむかって、こわばっていた手をさしのべ、広げる時間が。

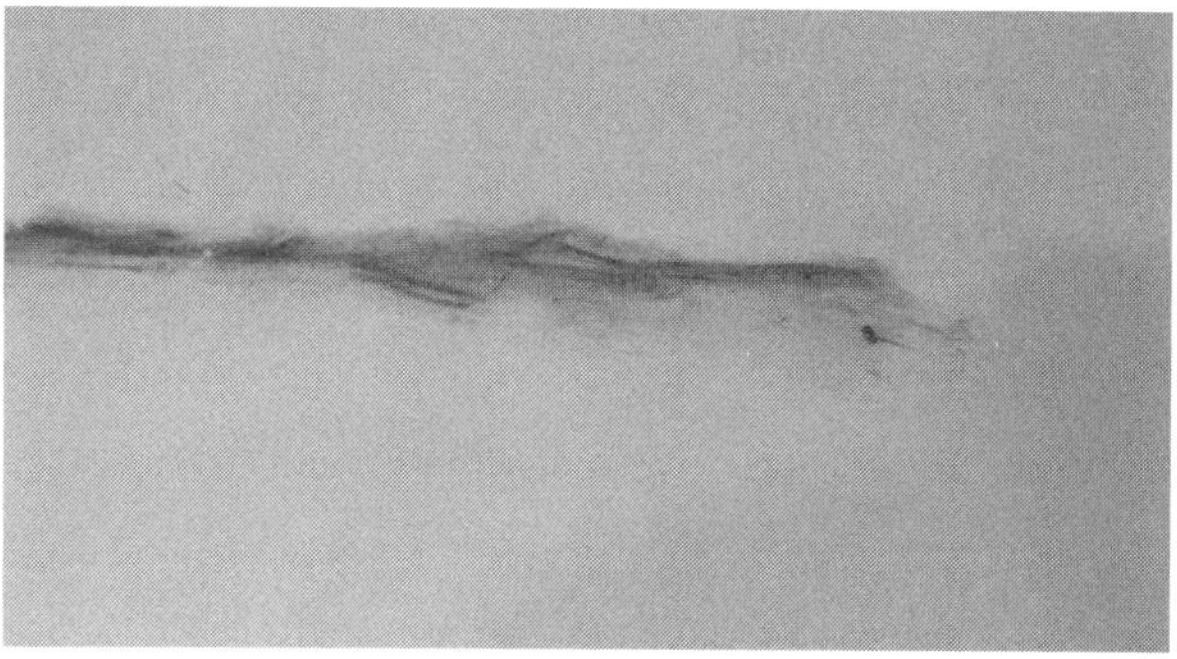

下の歯

お姉ちゃん《オンニ》、という発音は、赤ん坊の下の歯《アレンニ》というときに似ている。私の子の薄い歯ぐきから生え出た、初芽のような二つの小さな歯。

もう私の子は成長し、赤ん坊ではない。十二歳になったその子の首もとまでふとんを引き上げ、かけてやり、規則正しい息の音にしばらく耳を傾けてから、空いた机に戻る。

わかれ

しなないで　しなないでおねがい。

言葉を知らなかったあなたが黒い目を開けて聞いたその言葉を、私が唇をあけてつぶやく。それを力こめて、白紙に書きつける。それだけが最も善い別れの言葉だと信じるから。死なないようにと。生きていって　と。

すべての、白いものたちの

私はあなたの目で見るだろう。白菜のいちばん奥のあかるく白いところ、いちばん大切に護られた、稚い芯葉を見るだろう。

昼の空に浮かんだ、涼やかな半月を見るだろう。

いつか氷河を見るだろう。うねり、くねり、青い影をたたえた巨大な氷を、生命だったことは一度もなく、そのためいっそう神聖な生命のように見えるそれを、仰ぎ見るだろう。

白樺林の沈黙の中にあなたを見るだろう。冬の陽が入る静かな窓べで見るだろう。天井に斜めに差し込む光線に沿ってゆらめき光るほこりの粒子の中に、見るだろう。

それら白いものたち、すべての、白いものたちの中で、あなたが最後に吐き出した息を、私は私の胸に吸い込むだろう。

作家の言葉

この本の最後に「作家の言葉」*をつけますかと編集者に聞かれた二〇一六年の四月、私は書かないと答えた。この本全体が「作家の言葉」だから、と笑いながら答えたことを憶えている。あれから二年が過ぎ、改訂版を出す準備をしながら初めて、何かひとこと静かに言い添えたいと——書けそうだと——思った。

ポーランドの翻訳家、ユスチナ・ナイヴァルさんに初めて会ったのは二〇一三年の夏だった。少年のような短い髪に無彩色の長いスカートをはき、深々とした印象の目もとがどこか悲しげに見える人だった。そのころ彼女が翻訳中だった私の小説の文章についていく

＊　韓国では著者あとがきを「作家の言葉」と称することが多い

つか難しい話をした後、ユスチナはまじめな顔で私に尋ねた。「私が来年ワルシャワに招待したら、いらっしゃいますか？」私は長く考えず、行くと答えた。ちょうど『少年が来る』*の原稿を書き終えたころであり、その本が無事に刊行された後、しばらくどこかへ行って休むのはよさそうに思えた。

その短い邂逅を忘れている間にも時は流れ、いつのまにか翌年になった。五月、ついに『少年が来る』が刊行され、私は彼女との約束通り出発するために休暇を申請した。初夏から荷造りを始め、あれこれ準備をしているあいだ、周囲の人たちに訊かれた。「休みたいならなぜ、よりによってそんな寒くて暗いところに行くの？」それはただ、あのとき私を呼んでくれたのがあの都市だったからであり、それが南極や北極だったとしても出かけるだろうということを、うまく説明できなかった。

そしてついに八月末、当時十三歳だった子どもと二人で、それぞれに大きなスーツケースを引き、大きなリュックを背負って飛行機に乗った。それは子どもと二人きりで初めてたどる旅程であり、目に見えない、触ることもできない巨きな人生の結び目の中にすっと入り込んでしまったような心もとなさがあった。

最初のひと月は目が回るほどあわただしかった。二本のポプラの木の輝く梢を見おろす五階建てのマンションに部屋を借り、子どもが一学期間通うインターナショナルスクールに登録し、証明写真を撮り、交通カードを作り、携帯電話を契約し、荷物が増えないようにと持ってこなかった鍋やフライパン、まな板、ふとん、毛布といった品を近くのショッピングモールで買い、キャリーに載せて運んだ。朝は子どもの白い制服のシャツにアイロンをかけ、朝食を作り、おやつとお弁当を包んでやり、かばんと体操服の袋を背負って川べりの道を行く子どもの、うつむいた後ろ姿が消えるまで見ていた。

金曜日にはユスチナと会って基礎ポーランド語を習い、そのお礼に私は漢文を教えた。ワルシャワ大学で韓国の宗教について教えている彼女のために、元暁[**]の『発心修行章』を教材に選んだ。美食を喫し愛惜しようとも我らの肉身は必ず崩れ、絹で包み大切に護ろう

＊　光州事件をテーマとした小説。邦訳は井出俊作訳でクオンより刊行
＊＊　新羅の高僧

とも命には限りがある。わからない漢字をあらかじめ調べて授業の準備をしていると、一日の半分がすぐに過ぎる。

そのようにして最初のひと月が過ぎると、ソウルで暮らしていたときとは比べものにならないほど心の余裕が生まれた。歩き、また歩く——振り返って、ワルシャワで私がやったことは何かといえばほとんどがそれだった。暇さえあればマンションの周囲の川辺を散歩した。バスに乗って旧市街地へ出かけ、通りから通りへと歩きまわった。それより近いワジェンキ公園の森の道を目的もなく歩いた。韓国を出る前から書きたかった『すべての、白いものたちの』という本について、そんなふうに歩きながら考えた。

私の母国語で白い色を表す言葉に、「ハヤン」《まっしろな》と「ヒン」《しろい》がある。綿あめのようにひたすら清潔な白「ハヤン」とは違い、「ヒン」は、生と死の寂しさをこもごもたたえた色である。私が書きたかったのは「ヒン」についての本だった。その本は、私の母が産んだ最初の赤ん坊の記憶から書き起こされるのでなくてはならないと、あのようにして歩いていたある日、思った。二十二歳の母は一人で突然赤ん坊を生み、その女の子が息を引き取るまでの二時間、「死なないで、お願い」とささやきつづけていたという。そのことばを口中に含んで川べりの道を歩いていたまた別の日の午後、この文章が私にとって不思議なほどになじみ深いことに突然気づいた。それは私が何か月か前まで『少年が来る』を書き直すにあたり、最後の瞬間までとりくんでいた五章の中で、闘病中のソンヒ姉さんにむかって、拷問から生き延びたソンジュがかけていた言葉とまったく同じだったのだ。死なないで、と。

そうやって十月が終わるころ、ユスチナが勧めてくれたワルシャワ蜂起博物館を一人で訪ねた。展示をすべて見たあと、付設の上映室で一九四五年にアメリカの空軍機が撮影したこの都市の映像を見た。飛行機が都市にむかって徐々に接近していき、白っぽい雪におおわれた風景がだんだん近づいてきた。だが、それは雪ではなかった。一九四四年九月の市民蜂起の後、ヒットラーが見せしめとして絶滅指示を出した都市、爆撃によって九五パーセント以上の建物が破壊された都市、白い石造りの建物が打ち壊されて灰色の残骸となり、果てしなく広がっていた七十年前のその都市を、私は息を殺して見守った。私のいるここが「白い」都市だということにそのとき気づいた。その日、家に帰る途中で私はある人のことを想像していた。その都市の運命に似た、破壊され、しかし根気強く再建された人を。それが私の姉だということを、私の生と体を貸し与えることによってのみ、彼女をよみがえらせることができるのだと悟ったとき、私はこの本を書きはじめた。

思い出す。マンションの鍵が一つしかなかったので、子どもが学校から帰ってくる五時半までには必ず家に戻っていなくてはならなかった。その時間まで道を歩いては、この本のことを考えた。何か思い浮かぶと、道に立ったままで手帳に何行か書きつけたりもした。一つしかない寝室で子どもがこんこんと眠っている夜には、食卓の前に座り、または居間のソファーベッドに毛布を敷いてうずくまり、一行ずつ書きついだ。

そうやってあの都市で、この本の一章と二章を書き、ソウルに戻ってきて三章を全部書いた。そのあと一年間、最初に戻ってゆっくりと手直しした。孤独と静けさ、そして勇気。この本が私に呼吸のように吹き込んでくれたものはそれらだった。私の生をあえて姉さん——赤ちゃん——彼女に貸してあげたいなら、何よりも生命について考えつづけなくてはならなかった。彼女にあたたかい血が流れる体を贈りたいなら、私たちがあたたかい体を携えて生きているという事実を常に常に手探りし、確かめねばならなかった——そうするしかなかった。私たちの中の、割れることも汚されることもない、どうあっても損なわれることのない部分を信じなくてはならなかった——信じようと努めるしかなかった。

もしかしたら私はまだ、この本とつながっている。揺らいだり、ひびが入ったり、割れたりしそうになるたびに、私はあなたのことを、あなたに贈りたかった白いものたちのことを思う。神を信じたことがない私にとっては、ひとえにこのような瞬間を大切にすることが祈りである。

この本の最初に出てくる、一九六六年秋の若かった母と父に、静かな、そして不可能なあいさつを贈る。私が白いものについて本を書いていることを知り、学校から帰ってくると、自分がその日見た白いものについて話してくれた二〇一四年秋の娘にありがとうと伝えたい。この本を支え、見守ってくださった編集者で詩人のキム・ミンジョンさんに深く感謝する。

二〇一八年春

韓　江

ハン・ガン［韓江］
1970年、韓国・光州生まれ。延世大学国文学科卒業。1993年、季刊「文学と社会」に詩を発表し、翌年ソウル新聞新春文芸に短篇「赤い碇」が当選し作家デビューを果たす。2005年『菜食主義者』が李箱文学賞、同作で16年にマン・ブッカー賞国際賞を受賞。著書に長篇『少年が来る』、『ギリシャ語の時間』、エッセイ集『そっと 静かに』他多数。

斎藤真理子（さいとう・まりこ）
1960年、新潟市生まれ。明治大学文学部史学地理学科考古学専攻卒業。80年より韓国語を学び、91〜92年、韓国の延世大学語学堂へ留学。著書に、詩集『ひびき　はばたき　ふぶき』（90年、思潮社）。韓国語詩集『入国』（93年、韓国・民音社、18年、春の日の本）。15年、パク・ミンギュ『カステラ』（ヒョン・ジェフンとの共訳、2014年、クレイン）で第1回日本翻訳大賞受賞。他の訳書に、チョ・セヒ『こびとが打ち上げた小さなボール』（16年、小社）、パク・ミンギュ『ピンポン』（17年、白水社）、ハン・ガン『ギリシャ語の時間』（17年、晶文社）、ファン・ジョンウン『野蛮なアリスさん』（18年、小社）などがある。

Han Kang：
THE WHITE BOOK

This book is published with the support of the
Literature Translation Institute of Korea (LTI Korea).

すべての、白いものたちの

2018年12月30日　初版発行
2020年12月10日　4刷発行

著　者　ハン・ガン
訳　者　斎藤真理子
発行者　小野寺優
発行所　株式会社河出書房新社
〒151-0051
東京都渋谷区千駄ヶ谷 2-32-2
電話（03）3404-1201［営業］
（03）3404-8611［編集］
http://www.kawade.co.jp/
組　版　株式会社創都
印刷所　株式会社亨有堂印刷所
製本所　小泉製本株式会社

Printed in Japan
ISBN978-4-309-20760-5